희다
이향 시집

문학동네시인선 047 이향

희다

시인의 말

제 안의 물기를

다 토해버린 나무,

잎이 강을 잃었다.

아직 두려운 게

많아 나무는

허공인 줄 알면서도

자꾸 팔을 뻗는다.

끝내, 저에게 가

닿을 수 있기를……

2013년 가을
이 향

차례

1부
끼고 있던 반지를 벗었다

목단

소리에 심을 박으라고 선생은 말하지만 그게 뭔지 잘 모르겠다 그것만 잘하면 다 된다는데

아득하다

심이란 진흙탕 물을 다 가라앉힌 샘물 같기도 하고 어둠 속에서 만난 팽나무의 굵은 허리 같기도 한데

붉은 기운이란 기운은 다 끌어안은

목단을 본다

어디까지 내려갔다온 것일까
무엇을 지키기 위해 얼마나 많은 밤에 쩔렸던 것일까

마음에 소리를 심으라는 말이 또 붉어온다

심이란 독약 든 사발 같기도 하고 흰 눈 소복한 은그릇 같기도 한데

목단은 뙤약볕에 한껏 벌어지고 있다

사과

  몸이 아프면 슬쩍 달라붙어 당신 손을 잡고 그 어깨에 기
대 밥 한술 받아먹고 싶다 사랑한다고 사랑받고 싶다고 말
을 못해 무슨 병에라도 옮아서는 곧 떨어져버릴 듯이 매달
려 있고 싶다

목련

홀린 듯
몰입인 듯

암시같이,
소리란 소리 다 빨아먹고
그림자만 돌아다니는 골목

누가 부추기기라도 하듯
무슨 일이든 저지르고 싶어 안달난 꽃은
사이비 종교에 빠진 사람의 눈동자처럼
그저 피는 일에나 열중하고 있다

흰 그늘에 목이라도 매달 것 같은데
태풍의 눈처럼 몰아가는

환한 저
적막

반지

끼고 있던 반지를 벗었다

희미한 자국이
조금 슬픈 듯 자유로워 보였다 처음,

반지를 끼던 날이 생각났다

당신 때문이라고 밀어붙이지만
내 스스로 테두리를 만들었다는 걸

빠져나와보면 너도 알겠지
그렇게 긴 시간도 아니었다는 걸, 이제
조금은 알 것 같다

저 강기슭 너머까지 우리를 옭아매던 그때도
꼭 나쁘지만은 않았지

반지는 반지대로 손가락은 손가락인 채로
가끔은 공유했던 외로움을 서로에게 끼우며

반지는
테두리를 더 고집하게 될지도 모른다

밤의 그늘

나무는 나무에서 걸어나오고
돌은 돌에서 태어난다

뱀은 다시 허물을 껴입고
그늘은 그늘로 돌아온다

깊고 푸른 심연 속에서
흰 그늘을 뿜어올리는
검은
등불

낮에 펼쳐둔 두꺼운 책갈피로 밤이 쌓인다

달의 계단들이 아코디언처럼 접혔다가 다시 펼쳐지는
밤의
정원에서

멀리 걸어나와 다시는
돌아가지 않을 것처럼
저 혼자 앉아 있는
밤

독백

선물로 받은 푸른 유리병 한 쌍, 페르시아 문화전에서 찾
아낸 것이라는데 선물치고는 좀 어둡다 간혹 햇빛이 들 때
면 주둥이는 "오-" 하고 가느다란 탄성을 내뱉는 것도 같다
한 번도 다문 적 없는 입으로 젖은 걸레가 들락거려도 그 우
물거림 닦아낼 수는 없겠지 누구든 입 꾹 다물어버리고 싶
을 때도 있지만 이제는 늘어질 대로 늘어진 주둥이, 멀리 이
곳까지 와서도 제 본업은 숨길 수 없다는 듯 형벌처럼 중얼
거리고 있다

웃음

심심해서 옛 사진첩 뒤적거리다보면 그 안에 아이는 크게 웃고 있다 아이가 작을 때는 웃음이 참 컸다 사진 밖으로 쏟아지는 웃음 그러고 보면 웃음이 아이를 키운 것 같다 웃는 그 힘으로 잠을 자고 젖을 빨고 팔다리 쭉쭉 뻗었겠다

아이가 어릴 때는 내 몸도 간지러워
아침에 눈뜨는 것도 어렵지 않았는데
아이 곁에서 다 웃어버렸는지
어쩌다 저녁모임에서 돌아오는 긴 골목 같거나,
기껏해야 한바탕 헛웃음 뒤로 번지는 물기 같다

새끼손가락

　언젠가 당신이 잠든 내 손을 슬며시 내려두고 방문을 빠져나갔을 때, 그때 알았더라면 보내지 말았어야 할 것들이 많다 당신이 빠져나간 손으로 끈적함이 파고든다 술렁이는 혓바닥과 입술, 나른한 사지, 다시 당신을 안아본다 그 사이로 못 보낼 것도 없다 싶은데 자다가 일어나 물 한잔 마시면 손잡이에 머물러 있는 당신, 아직 돌려주지 못한 새끼손가락이 살짝 굽어 있다

라일락 꽃잎 술렁이는

그 그늘을 사랑했네

버스를 놓치고
가버린 저녁을 기다리고
눌린 돼지머리 같은 달을 썹으며
어둠을 토해내던,

그 그늘을 사랑했네

오지도 않을 그림자를 밟고
두려움 많은 눈으로 밤을 더듬으며
숨어 연애하던,

그 그늘을 사랑했네

저 혼자 배불러오는 봄을 향해
입덧을 하고, 쏟아지는 소낙비에 젖어
내 안에 그늘이 없다는 걸 알아버린,

그늘을 사랑했네

언젠가는 같이 늙어갈 거라고
슬그머니 내 허벅지를 베고 눕던, 그 그늘을

사랑했네   —

                                              —

기념일

당신과 나 사이에 어둠이 앉아 있다 우리 사이에 어느 정
도는 틈이 있었던 모양이다 때가 된 것일까 기념일에 꽂아
둔 촛불 속에 이미 불은 없다 그저 숲에서 저 혼자 스러지는
자작나무 같기도 하고 연기를 안고 사그라지는 숯덩이 같기
도 하다 얼음은 얼음과 엉키고 불은 불로 만나지만, 우리는
더이상 차가워지지도 뜨거워지지도 못한 채 당신과 나를 끝
내 줄 한마디를 촛불 속에서 찾고 있다

의자

자꾸 빠져나가고 있다

자고 나면 머리맡에 수북한 머리카락, 윗목에 벗어놓은
옷가지, 서랍 속 묵은 일기장, 닳고 닳아 손때 묻은 한 시절

흘러가고 있다

오지 않을 것 같은 낯선 시간들이
어느새 내 곁에 앉아
늘 그랬다는 듯 어깨에 팔을 걸치고는
붙잡을 수 없는 물살 속으로
떠내려가고 있다

나는 없고,
있어도 넋 놓은 사람으로 앉아
물끄러미
더 물끄러미 내게서 내가 빠져나가는 것을 보고 있다

내 몸이
내가 아니기라도 한 것처럼
물살에 물살 밀어보내듯 그렇게 가고 있다

흔적

갈대나 풀들이 유독 강 쪽으로 누워 있는 걸 보면
무슨 일이 있었던 것 같은데

너무 공손해서
함부로 건드릴 수 없는
한 켤레

신발은
강물 쪽으로 향해 있다

한사람

　그는 변한 게 없었다 마치 『A가 X에게』* 보낸 편지에서—
그들은 늘 떨어져 있었지만—언제나 같이 있는 느낌처럼,
그는 나를 곧 익숙하게 만들었다 빗속에서 우리는 각자 우
산을 들고 걸었다 그를 보고 있으면 많은 순간이 함께였다
그는 뭔가 매달고 있었고 우리는 그것을 떨어뜨리지 않으려
고 표 나지 않게 애를 썼다 별말 하지 않았지만 그와 나 사
이에 아직 젖은 얼굴이 있다는 걸 알았을 때, 나는 그의 우
산 속으로 들어갔다

* 존 버거 소설 제목.

슬픔은 잠시 벗어둔 모자쯤으로 알았는데

수술자국보다
머리카락 빠진 데가
더
깊은 곳이라
벗어둔 모자를 얼른 쓴다

벽에 걸린 옷처럼
그런 것이었나보다

두통

죽은 물고기가 물위로 떠오른 것처럼 그렇게 침대 위에 떠 있었다

몸이 점점 불어터질 것 같았다

어떤 동물은 짝짓기가 끝나면 자기의 그것을 분질러 구멍을 막는다고 했다

잠시 잊혀졌던 머리통

그 짓이 무슨 진통제처럼 오래 남았다

다리를 벌린 채

주머니에 돌을 넣고 물속으로 들어간 버지니아 울프를 생각했다

다시는 떠오르지 않길 바랐지만 더이상 가라앉지도 않았다

소

잘해보겠다고 제 혀로 제 사타구니를 핥을 때도 있다

극장 화장실

다시는 돌아가지 않을 것처럼 장미는 난간에 매달려 있다 —

불러낸 적 없고 그렇다고 말린 적 없어 저 혼자 붉다

볼일 보고 벗은 아랫도리 끌어올릴 때

변기에 물 내리듯 그렇게 쓸려간다는 것을,

짧은 치마는 알까

이미 벗은 옷 더는 벗을 게 없어

입술에다

한 겹 한 겹 꽃잎 치마 입히고 있다

시

　잿빛 나무에서 실뱀 같은 햇살이 엉켜나온다 저 매끄러
움, 나무는 겨우내 뱀을 넣고 있었다 구충제를 먹은 다음
날 변을 확인하던 그때 온몸이 스멀거렸지 가지는 너에게
서 빠져나와 제 꼬리에 꽃을 매달려고 안간힘 썼지 막판까
지 와서야 꽃이 피는 것일까 그렇다고 다 피는 것도 아니어
서 제 입으로 제 항문에 닿으려는 짐승처럼, 제 창자에서 나
온 것을 들여다보는 너처럼, 뿌리에서 더 멀리 몸 감아올리
는 나무가 있다

2부

흰 붕대를 다 풀 수는 없어

붉은 소문

미쳐버린 딸 이야기가 그렇고 집 나간 벙어리 아들이 그
렇고 곱사등이 어미가 만지다 간 찬장 속의 소문들 또한 그
렇고,

그렇게 빈집보다 더 오래 살아서

그들끼리 다리가 엉키고 배가 붙어 새끼를 낳고 살림을 차
리고 키득키득 입을 막고 키득키득 귀를 핥아서,

가랑이로 숭숭 붉은 그늘이나 흘려서

여름 저녁은 참으로 끈끈해져가고

식육점

어느 영화 속에서 사형수가 벗어놓은 뽀얀 운동화처럼 우리가 우리를 벗을 때, 그만 순순히 내놓았을 가지런한 저 발들

비늘

아름드리나무를 베는 날
톱날 돌아가는 소리에 하늘은 술렁거렸고
묘한 긴장감으로 나무는 더 탄탄해지는 듯했다

무슨 각오처럼, 벌목꾼들이
나무 끝을 한참 올려다보고
손바닥에 침을 뱉었다

온몸에 비늘을 세우듯
나무는 몇 번이나
넘어지는 순간을 정지시켰다

날카로움이 예측하지 못한 방향으로
하늘이 잠시 쏟아졌다

해운대 앞바다에 쓸려와 나란히 누운
밍크고래,
어쩌다 비늘도 없이

무덤

　쥐도 새도 모르게 사라진 것들은 모두 저수지로 갔다고 마
을 사람들은 믿고 있다 그것이 없었더라면 많은 소문들 어
디다 묻었을까 들여다보면 출렁거리지 않는 가슴이 있겠냐
마는, 자신의 이야기를 물밑의 일처럼 입에 올리는 그들은
저 모르게 제 머리를 저수지 쪽에 두고 잠을 잔다

모과

언젠가 우리가 도달해야 할 곳에 울음이 잘 익은 열매로
와서 시커멓게 썩고 있다

입술

오래된 석류나무를 옮겨 심었을 때
뿌리는 뿌리대로
꽃은 꽃대로 멀리 둘러온다는 것을
그때 알았다

서로가 서로를 얼마나 마주했으면
서로가 서로에게 얼마나 등돌렸으면
어느 한순간 저토록 짙어져버렸을까

너를 붉게 했던 것은 무엇인지
나를 검게 했던 것은 무엇인지

한 몸 안에서
아직 닿은 적 없는,

그곳

발가락 붕대를 푸는
발레리나

어딘가에 가려 제대로 내놓은 적 없는 발가락이
그녀의 가장 중요한 곳이라도 되는지
어떻게든 숨기고 싶어 자꾸만 꼬물댄다

아슬아슬한 물집이 맺힌,
만지면 뭔가 묻어나올 것 같아
볼일만 보고는 얼른 가리는,

보고도 못 본 척하고 싶지만
슬쩍 들여다볼 때도 있는 그곳처럼,

각자 감당해야 할 몫이 있어
풀어도 풀어도 흰 붕대는 다 풀리지 않는다

이웃집 남자

환경부 지정 유해식물이라는 가시박
씨앗 한 알이 온 주위를 덮는다는데
설마설마하다가 키 큰 나무도
결국에는 시들고 만다는데

술만 취하면 욕으로 깨우는 그도
마음속에 가시박 한 알 떨어뜨렸는지
동네를 욕으로 덮은 뒤에야 고요해진다

몸에 박힌 가시,

작은 한 톨 삭이지 못해
온몸을 다 토해놓고야 만다

산수유

황소개구리가 뱀을 삼킨다
눈 끔벅거릴 때마다 뱀이 조금씩 몸속으로 들어간다
밖에서 틀었던 똬리
안이라고 못 틀겠는가마는,
그 긴 것이 들어갈 때
황소개구리 눈은 더 튀어나온다

어쩌다 남의 눈으로 들어간 저 괴상한 울음이
노랗게 터지는 밤이다

사막에서

기대면 잠이 되는 평온한 등

죽음이란 금방 녹슬어버리는 병뚜껑과 같아서
막상 딴다 싶으면 이처럼 유순해지는 것
단 한 번의 발길질도 없이
순순히 몸을 내려놓는 것

한없이 긴 능선이 된 등 곁에
자디잔 풀들
꼴딱꼴딱 젖 빨아 넘기는 소리

젖 물리는 어미처럼
죽은 말이 각진 제 등을 어르고 있다

노파

날마다 넘쳐나는 적요와
어둑한 그늘이 꽃을 키우는지
허물어지는 만큼 피는 봄

꽃도 너무 탐스러우면 두려운 법
담장을 감고 도는 꽃 넝쿨에 빨려들 것 같아서
아무도 얼씬거리지 않는데

꽃에게
속을 다 파먹힌 껍질처럼
앉아서는,

경계

겨울 배추밭
어떻게든 견뎌보려고
서로에게 달라붙어 있다
살점들의 기억이다

언뜻 보면 한 몸 같아도
죽음을 걷어내면 삶까지 딸려나올 것 같아
멀찍이 보고만 선 겨울 배추밭

지나치고 나서야
돌아보는 사이처럼
배추와 배추 사이
그 걸음

함부로 뽑아버릴 수가 없는 거다

슬픔에도 허기가 있다

메뉴판만 들면 어려운 문제를 푸는 것처럼 심각해져 한참 들여다보는데 이미 짜놓은 판에서 골라 먹는 것도 쉽지 않아 화분 속의 식물은 몸을 비틀고 꽃바구니 속의 꽃들은 일찍 시들곤 하나보다

모든 게 별것 없다는 걸 모르지는 않지만 애시당초 판이 없었다면 펼치지도 않았을 것들 한끼 먹는 일이 숟가락으로 꾹꾹 슬픔을 누르는 것과 같아 허기로 허기를 감당하지 못할 때 어쩔 수 없이 그 판에 의지해보곤 하는 것이다

비눗방울이 앉았던 자리

베트남에서 온 그녀도 남편을 오빠라 부른다

같이 잠자리하는 나이 차 많은 그를
아빠라고는 차마 부르지 못해
그녀 나름대로 선택한 자구책 같은 것이다

아빠도 아니면서 오빠는 더더욱 아닌
이 어중간한 관계 속에서
그래도 다리 걸고 만나는 남자는
아빠가 아니라 오빠라서

그녀는 그 말에
근근이 살 붙이고 산다

젊은 남자

수세미를 판단다
필요 없다고 해도
빈 소매를 유독 흔들어 보인다
팔에 대해 묻기를 기다리기라도 하듯
한 묶음의 수세미를 들고
없는 팔을 자랑삼아 흔들어댄다

두 팔보다는 외팔이가 방편이라도 되는지
얼떨결에 놓쳐버린 천원짜리를 줍기 위해
빈 소매에서 꺼내는
팔 없는 팔

부끄러움은 퇴화도 참
빠르게 오는구나

소리 아는 여자

붉은 넝쿨이라도 키우는지
한없이 뻗어나온다

뚫린 제 구멍 막기라도 하듯
허전한 뱃속 달래기라도 하듯
때로는 너무 길어 염치없다

꾹 다문 입 벌려
제대로 한번 뽑아낼 때는
어떤 말보다 참말 같고
어떤 울음보다 질겨,

오히려
채워지지 않는 텅 빈 속으로
풀어놓는다

가야산
—예리사람들

새벽마다 부적처럼 붉은 그림자를 머리에 이고 그곳을 향
해 눈썹을 그리는 사람들, 날을 갈아 밭으로 가기 전, 가야
산에다 먼저 이마를 벼른다

개들은 여섯시를 기다린다

개 키우는 집이 있다 철창 안에 플라스틱 물통을 뒤집어 각각 독방이다 개들은 통에 이빨을 갈고 발톱을 할퀴고 등을 비벼댄다 묶어두지는 않았지만 풀려 있지 않다는 것을 개들도 안다

주인은 본 적 없고 개들만 득실거린다 밥그릇은 늘 채워져 있지만 인적이 거의 없어 배불리 짖어대지 못한 저들의 허기가 사방에 널려 있다

내가 일정한 시간에 그곳을 지나간다는 것을 알기라도 하는지 개들은 여섯시를 기다린다 종일 지친 개들이 비린내를 맡은 것처럼 저녁 그림자에 미쳐 날뛸 때는 개들이 튀어나올 듯해 온 근육을 긴장시킨다

저녁 여섯시 체력을 단련하기에 이보다 더 좋은 시간은 없다, 개들에겐

일출

그중에는 개를 데리고 나온 부인도 있었다

어둠에 목줄이 묶인 바다가 붉게 버둥거리곤 했다 저 너
머에 무슨 일이 있었는지 물결이 타오르는가 싶다가는 다시
주저앉곤 했다 부인은 개에게 곧 떠오를 것에 대해 말했지
만 늘 그렇듯 개는 부인의 손바닥만 핥았다 그럴 때마다 바
다도 어딘가를 다시 핥고 있었다

3부

세상의 모든 소리는 강으로 갔다

한순간

잠시 눈감았다 뜨면 사라지는 순간이 있다 어제저녁 붉게 노을 졌던 태양의 한때처럼 오늘아침 초록으로 흔들리는 잎의 한때처럼 한순간이란 붙잡아두고 싶은 것이어서 새벽마다 물방울이 맺히는 것일까

물방울 같은 한순간 그 물방울만한 힘이 나뭇가지를 휘게 하는지 그때 붙잡고 싶었던 것은 네가 아닌 그 순간이었다

당신도 그렇게 왔다 가는 걸까 어느 순간 기척 없이 빠져나간 손바닥의 온기처럼, 깊이를 알 수 없는 늪의 그늘처럼,

이미 예정된
한순간 속의 우리들

노인들

한창인 꽃그늘 아래서
이쪽은 할아버지들 저쪽은 할머니들 따로따로 앉아 있다
특별한 놀이도 없이 간간이 이쪽에서 저쪽으로 우스갯말
을 던지면
한바탕 웃음으로 맞장구나 치면서 일정한 거리를 유지하
고 있다

굳이 따로들 있는 것이다

언젠가 저들이 푸른 잎사귀였을 때
어느 골목 앞에서 서로에게 두근거리며 피었던 적 있지만
이제 꽃그늘 사이로 덜 핀 낮달이 슬쩍 비치기도 한다

저들의 꽃놀이는 우리와 달라서 얼굴에 그늘깨나 올려두
지만 나이가 들어도 영 따로 놀지는 않는다

식탁

어미라는 것은 빨릴 대로 다 빨린 빈 젖이어서, 저녁의 한
모서리가 축 늘어져 있기 마련이다 어디선가 국이 끓고 압
력밥솥이 급하게 돌아가도 데워지지 않는 밥그릇, 귀퉁이마
다 밥풀 붙이던 숟가락들, 어디선가 입 크게 벌리고 뜨거운
밥 밀어넣고 있을 때, 덩그렇게 놓인 식탁은 식은밥 한술 우
물거리고 있다

패밀리

우리 동네 패밀리마트에는 패밀리가 없다 혼자인 사람들
이 혼자가 싫은 사람들이 홀로 서성이고 있다

빈병은 빈병끼리 캔은 캔끼리 모이다보면 더러는 패밀리
를 형성한 것처럼 보일 때도 있어
집이 먼 사람끼리 집이 없는 사람끼리 잊혀지지 않는 사
람끼리 모이기도 하지만

각방 쓰는 그도
쉽게 잠들지 못하는 밤이면
패밀리마트에 간다

앉을 자리가 없는 사람들 앉는 법을 잊어버린 사람들이
같은 불빛을 향해
라면발을 감아올리고 있다

금방 터지고 말 실밥처럼

홈쇼핑 채널에서 브라팬티 세트를 팔고 있다
오늘따라 유독 세트라는 말이 달콤하게 들리는 것은
쓴맛을 본 적이 있기 때문이다

화면 밖으로 가슴을 흘릴 것만 같은 모델이 무대를 돌아
다니는데
저것 한 세트만 가지면 당당해질 것 같은데

우리는 마침 올 풀린 스타킹과 구멍 난 고무장갑에 대해
말하던 중이었다
그것들도 세트로 놀기는 하지만
어느 한쪽이 먼저 나가곤 했으므로

같이 가지 못해 미안해요

유모차가 할머니를 밀고 온다 더이상 두 다리로는 지탱할
수 없는 몸, 유모차 바퀴를 주도했을 시절에는 해맑은 아이
였을 할머니* 어떤 길을 흘러왔기에 저토록 동그란 마침표
가 되어버렸을까 주름 접힌 밤을 건너 바퀴가 지나온 곳을
우리가 다 알지는 못하지만, 구부러진 손등 위로 굴러갈 길
도 알 수 없다만,

* 사진집『우리가 사랑해야 하는 것들에 대하여』중에서.

장례식

우리가 기다려온 것은 꽃이 아니었는지 모릅니다

꽃 너머 넘실거리는 잎사귀,

잎사귀 뒤 현기증 같은 열매가 아니었는지 모릅니다

우리가 기다려온 것은 그저

주린 뱃가죽 움켜쥐고는

더 짜낼 것도 없이 서 있는

포도나무 마른 덩굴이었는지 모릅니다

무슨 사연이기에

모임 뒤 마지막 남은 신발처럼

어둡다고 할 때,

잎이 빠져나오거나

사과가 반으로 갈라질 때처럼

말해버리면 다시는

어두워질 수 없을 것 같아서,

하지도 않은 내 사랑은

영원히 떠돌고 있다

끈

어미소는 그저 우는 것밖에는 할 수가 없다 울음이 새끼
를 따라가주는지 그것이 새끼를 지켜주는지 모든 걸 울음에
걸어본다 큰애를 멀리 떼놓고 돌아올 때도 그랬다 울음이
없었다면 어떻게 견뎠을까 흰 머리카락보다 가벼운, 어미와
새끼를 이어주는 이를테면 질긴 끈 같은 거…… 어미의 쉰
울음을 붙잡고 어린 것도 어둠 속을 가고 있다

새벽미사

급하게 늙어버린 손, 우물쭈물대다 여기까지 와버린 듯
하다

아기 손등이었을, 엄마 젖가슴이나 찾았을 손이 그늘을
걷어내느라 물기를 다 빨렸다

얼굴이 웃을 때 그 아래 하염없이 주저앉았을 손

어둠은 고스란히 남아 새벽을 꼭 붙잡고 있다

이력서

20년째 때를 밀어온 아줌마가 있다

맨몸이 유니폼이라
손님이 없는 시간엔 주로 수건 관리를 한다

마른 수건을 갤 때는 늘 젖어 있는 젖가슴이
더 처져 보이기도 하는데,

더러 수건을 베고 낮잠을 자기도 하고 더 조용한 날은 신
세타령으로 수건을 적시기도 한다

탕에서 나와 바닥에 퍼져버릴 때도 대충 덮고보는 게 수
건이다

이러니 내가 목욕탕에서

곧 죽어도 수건 한장으로 버티는 거다

낮잠

편안해서 잠든 건 아닐지도 몰라요

잠이란
스스로를 베고 눕는 것,
누구든 업어 키우는 포대기 같은 것,

무거울수록 더 달콤한 잠이
모래를
끌어 덮네요

그래요, 강이 너무 크군요

당신과 함께 걷고 있다고 믿었어요
당신은 강의 저쪽, 나와는 반대쪽이지만 그래서 강이 생
겼다고 생각했어요
우리와는 상관없이 흐르고 있었지만, 당신이 없었다면 강
도 없었지요
강을 버린 건 당신이라고 당신이 말했어요

강은 버릴 순 없어요
당신이 있듯이
거기 있는 거잖아요

그래요, 강이 너무 크군요

그래서 놓치는군요 그 물결, 그 소리, 그 둑에 흔들리는 풀

당신과 함께 가고 있다고 믿었어요
이쪽과 저쪽의 간격이 서로를 믿게 했나봐요 강도 간혹 그
간격을 무너뜨리긴 하지만 흘러가는 것치고 잡히는 게 없다
는 건 이미 알잖아요

흐르지 않았다면 있지도 않았을 당신, 그 강이 우리를 데
리고 여기까지 왔네요

그래요, 강이 너무 크군요

그 물결, 그 소리, 그 둑에서 흔들리는 우리가
오늘은 넘치는가봐요

우체국 가는 길

　가다 말다 주저앉은 나무

　평생을 한곳에 서 있다보면 갈림길도 외길이 된다 수륜 우
체국 가는 길은 늙은 나무의 허리통만큼이나 두루뭉술해서
길 놓친 사람들 그쯤에 와서야 감을 잡는다

감포

죽은 물고기 눈을 보고 아버지라 부르기가 무서웠던 시절,
어린 내가 머물던 자리, 검은 바다가 흰 거품을 물고 미친개
처럼 돌아다녔다 밤이면 방문 앞까지 끌려나온 바다 "내 눈
을 감겨다오, 네 눈을 빼다오" 귀를 막고 소리쳤지만 바다는
아버지를 끌고 밤새 돌아다녔다 새벽이면 시퍼렇게 눈등이
부은 바다여, 내 유년에게 빚진 바다여, 너는 아직도 생리 전
에 부풀어오르는 젖가슴처럼 붉은 아가미를 드러내고 있다

둘째

유독 겁 많은 둘째에게
푸른빛 목걸이를 걸어준 적 있다

아무래도 집에
혼자 남겨질 때마다
목걸이의 푸른빛을 만지며 견딘 것 같다

이제 그 애 혼자 있는 시간 점점 길어지더니 멀리 갔다 오
곤 한다

나를 가져다 썼으니 이제 돌려준다는 듯
언제부턴지 목걸이가 내 화장대에 놓여 있다

누군가 푸르름에 대한 이야기를 쓰고 있다고 우리는 상상
할 수 있으리라*

그 애는 푸른빛 노를 저어 가고
어린 둘째는 서랍 속에 넣어둔다

* 라이너 마리아 릴케가 1907년 10월, 아내 클라라 베스토프에게
보낸 편지의 한 대목.

44호

그는 금관 속에 누워 있다

금관이란
한번 쓰고 나면
영원히 벗지 못하는 무덤 같은 것

꼼짝 않는 저 사내
발가락이라도 한번 간질여봤으면
옷자락이라도 슬쩍 당겨봤으면

금관이 머리보다 더 오래 살아 남았어*
점점 더 조여오는 저 황금빛

이미 빨아먹을 것 다 빨아먹고
뱉어놓은 흰 이마

왕은 죽어서도 죽지 못한다

* 비슬라바 쉼브로스카의 「박물관」 중에서.

노을

무릎 꿇고 고백하는 여인 쪽으로 신부의 어깨가 기울고 있다 한 번도 흔들림에서 벗어나지 못한 바다가 성소 가장 가까이 있다

저녁

　당신에 대해 말해보려 했지만 저녁은 늘 말수를 줄입니
다 누구는 두려움이라 하고 누구는 가장 밝을 때라 했습니
다 아직 건너본 적 없는 당신은 소리 없는 빗소리거나 나무
에 기댄 그림자처럼 가만히 저녁의 머리카락을 만질 뿐입니
다 물결은 물결 곁에, 날개는 날개 곁에 머뭅니다 한 번도
불러본 적 없는 당신을 풀어놓는 저녁, 당신에게서 가장 먼
곳부터 흰 붕대를 감아봅니다 다 말할 수 없어 오히려 감싸
안는 저녁입니다

침대는 한 번도 누운 적이 없다

다만 그들이 와서 벨트를 풀고
긴 다리로 벗겨달라고 말했을 뿐이다
그럴 때마다 침대는 누군가에게 당하기라도 하듯
속수무책이 된다

침대가 출렁거린다고 말하지만
그들의 가슴이 그럴 뿐
침대는 더 탄탄해진다

제 볼일들 끝내면
뒤도 돌아보지 않고 가버리는 그들,
흔적이나 안고 있다보면
침대도 뭔가 당기는지

가지런히 정리된 당신을 흩트려놓고 싶어
슬그머니
책을 덮게 하더니

아무도 걸터앉지 않는 한낮
침대는
자꾸만 당신을 끌어들인다

욕조

붉은 손이 들어왔다

거품은 불안하게 떠 있고

이미 빠진 발은 버둥거리고

바다는

넘치기 직전이다

희다

어딘가에 닿으려는 간절한 손짓

펄럭이다 돌아오는 사이

이미 내 목덜미를 감고 있다

낙타가 모래바람을 건널 때 순한 눈을 가려줄
속눈썹 같은,

깊은 잠 베개 밑에서 긴 머리카락을 쓰다듬어줄
손가락 같은, 그 빛에 싸여

우리는 이미 가고 있는 것일까

언젠가 어쩔 수 없이 몸을 놓아야 할 때

가만히 내미는 손

초면 같지 않아 오래 들여다보면

따라가보고 싶지만

아직은 이 골목 저 골목 당신을 기웃거리는

그 빛,

—

—

해설

그녀 몸에 가려진 그늘의 바림에 나는 쓰네
양경언(문학평론가)

영(靈)이 휘젓는 밤

홍상수 감독이 연출한 영화 〈해변의 여인〉에는 진행상 다
소 엉뚱해 보이는 장면이 등장한다. 깊은 밤, 여주인공 '문
숙'이 해변 근방의 숲길을 헤매는 장면을 두고 하는 말이다.
영화에 출연하는 배우의 옷이 긴소매인 것으로 보아 계절적
배경은 봄의 문턱 혹은 완연한 가을쯤으로 짐작되지만 바닷
바람이 불어오는 밤공기란 한여름이라 할지라도 쌀쌀하기
그지없어서, 여자의 치맛단 아래 휘우듬하게 흔들리는 발목
엔 아마 오소소 소름이 돋았을 것이다. 이 뜬금없는 산책은
서사의 흐름상 문숙이 관계하던 남자의 마음을 다른 여인
의 입을 통해 확인하는 장면에 이어 삽입되는데, 관객들의
시선이 필름에 쏟아지건 말건(관객을 자꾸 염두에 둔 것만
같은 연극적인 몸짓으로 리얼리티를 체현하는 홍상수의 여
타 배우들과도 안 어울리게) 문숙의 걸음은 묘하게 분방하
다. 밤의 미스터리한 산책이 당신에게도 매혹을 안길 것 같
다면, 혹은 한두 번쯤—아니, 그 이상으로—안전한 일상의
장막을 거두고 광포한 밤의 한가운데로 입장하라는 부름에
이끌린 적이 있는 당신이라면 알 것이다. 그녀, 문숙이 삶의
예정된 궤도에서 이탈한 '엉뚱한' 시간을 겪은 이후 당연하
다는 듯 관계의 통속성을 꿰뚫어 볼 줄 아는 캐릭터로 거듭
나게 된 연유를. 아니 그보다 더 우리는 '그런' 여자(들)에
대해 궁금한 게 많다고 써야 한다. 가령 다음과 같은 의문

들을 품고 있다 해야 할 것이다. '그 밤', 여자의 눈에 스며든 세계는 어떤 모습이었나. 평범하게 제자리를 지키고 있으리라 믿어 의심치 않았던 세계가 마치 처음부터 그 자리는 저 자신들의 영역이 아니었다는 듯 몸서리치며 여자의 발목에 달려들지는 않았나. 이성의 시간에서 벗어나 야성의 시간이 조망한, 그녀조차도 몰랐을(혹은 모른 체했을) 그녀 내부에서 비롯된 낯선 형상들을 일컬어 우리는 무어라 이름 붙일 수 있나.

이향의 시라면, 독자에게 이 질문을 해소할 수 있으리라는 기대를 품게 할 것이다. 시집의 다섯번째 순서로 배치된 시를 먼저 읽는다.

나무는 나무에서 걸어나오고
돌은 돌에서 태어난다

뱀은 다시 허물을 껴입고
그늘은 그늘로 돌아온다

깊고 푸른 심연 속에서
흰 그늘을 뿜어올리는
검은
등불

낮에 펼쳐둔 두꺼운 책갈피로 밤이 쌓인다

　　달의 계단들이 아코디언처럼 접혔다가 다시 펼쳐지는
　　밤의
　　정원에서

　　멀리 걸어나와 다시는
　　돌아가지 않을 것처럼
　　저 혼자 앉아 있는
　　밤
　　　　　　　　　　　　　　　　　―「밤의 그늘」전문

　　"나무"로부터 왔는데 "나무"의 테두리를 그대로 가진 채 "나무에서 걸어나오고", "돌"에서부터 시작했는데 "돌"이라는 형태를 그대로 유지한 채 "돌에서 태어난다" 했으니, 이들은 모두 그들 그늘의 형태를 지시하는 것이라 짐작된다. 그러나 (당신도 당신의 그림자를 쳐다보면 금세 알 수 있을 터이지만) 형태가 같다 해서 '나'가 곧 '그늘'은 아니다. "나무에서 걸어나오"는 '나무'는 주어 "나무"와 같지 않고, "돌에서 태어난" '돌'은 주어 "돌"과 같지 않다. 다시 말해 문자가 일치할 뿐 반복해서 출현하는 '나무'와 '돌'은 같은 존재를 일컫는 게 아니라 엄연히 존재와 그것의 그늘이 분리되어 있는 상황을 가리키는 것이다. 그늘은 그 자신을 출발하게 한 존재를 기준 축으로 삼되 그로부터 빠져나오는 모양새를 취한다. '빠져나가는' 것, 이는 그늘에게 중요한 행위다. 그것은 존재의 빛과 성질을 포기하고 시커먼 농담(濃淡)으로만 그늘이 저의 몸을 채우기로 작정한 이유이기도 하고 동시에 존재의 현 위치와의 연속성 역시도 포기하지 않겠다는 그늘의 의지이기도 하다. 그래서 "뱀"이 "다시 허물을 껴입"은 듯이 보인다 해도, 그늘의 발생이 곧 존재의 퇴행은 아니다. 존재의 구체성을 잃는 대신 자유자재로 늘어나는 크기와 때에 따라 변하는 진하기로 마음껏 헤맴을 자처하는 그늘의 양태란, 열렬히 헤맨다 하더라도 중심축은 그 자신에게 테두리를 선사했던 존재에 묶여 있어서 곧 그 자리로 "돌아"가는 것을 방식으로 삼기 때문이다.

'그늘'은 흡사 밤 시간대에 홀연히 자리한 여인의 산책과 같은 이미지로 자리한다. 달리 말해 이향의 시에서 그늘은 존재가 영(靈)의 형태로 산책을 나서는 것과 같다. 이 산책은 현실을 뒤로한 채 은밀하게 자리한 시간이다. 또한 단 한 번도 문자로 기록된 바 없지만 '나'의 감수성의 근저를 이루는 체험, 지금-여기의 현실에서 완전히 벗어나지 못하고 모두들 잠든 시간에만 몰래 허락된 헤맴이다. 시인이 "그늘을 사랑"할 수밖에 없고(「라일락 꽃잎 술렁이는」에서 "그늘" 역시도 이와 같은 맥락에서 그려진다. 이 시에서 시적 주체는 "그 그늘을 사랑했네"를 반복해서 말하며 '그늘'은 있어야 하는 것임을 역설하고, "내 안에 그늘이 없다는 걸 알아버린"때를 안타까워한다), 오롯이 그늘이 지탱하는 힘으로 견디어내는 밤에 주목하는 이유도 아마 거기에 이르러서야 낮 시간 동안에 존재가 감추어왔던, 조명하지 못했던 이면의 진실이 드러나기 때문일 것이다. '영(靈)의 헤맴'은 지금의 현실에 비끄러매진 자가 '지금-여기'의 현실을 다시 보기 위해 행하는 최선의 방황이다.

"낮에 펼쳐둔 두꺼운 책갈피" 사이로 쌓이는 "밤"과 같은 그늘, 혹은 밤의 느닷없이 행해지는 산책에서 선사받을 수 있는 두려운 황홀감이란 실은 낭만주의 문학 이후의 시들로부터 자주 비롯되는 정념의 일부다. 오랫동안 시인들은 이성적인 사유가 매끄럽게 봉합하지 못한 틈 사이를 비집고 들어오는 심연의 줄기를 적대한다기보다, 거기에 발화할 수 있는 입을 부여하는 방식을 택해왔다. 이는 시인들의 언어가 으레 밤이 삼키고 있는 어둠 속에서 표표히 떠돌고 있던 미광을 포착하고, 잠자코 있던 사물들이 저의 몸을 새로운 문법에 투신하여 수다스러운 세계를 창안하는 이유이기도 하다. 기이한 일들을 용인하는 언어로 이뤄진 세계는 당연하게도 불일치의 감정을 야기할 수밖에 없으므로, 위험한 줄 알면서도 끌리게 되는 '두려운 황홀함'은 따라서 그러한 지점을 건드리는 시에서는 타당한 것이 된다. 이는 우리가 묶여 있는 곳은 분명 여기, 이 자리인데 우리의 시선이 향해 있는 곳은 언제나 저기, 결코 다가갈 수 없는 머나먼 곳이라는 인간의 태생적 한계가 띠고 있는 아이러니를 승인하는 순간부

터 감당해야 하는 감정이기도 할 것이다. 영(靈)이 휘적이며
빠져나오는 증거인 그늘에 시선을 두고 있는 위의 시에서도
마찬가지로 '두려운 황홀함'이 전해지는데(특히나 5연 "달
의 계단들이 아코디언처럼 접혔다가 다시 펼쳐지는/ 밤의/
정원"에 이르면, 그늘이 호흡하면서 뿜어내는 듯 서늘한 공
기가 시각적으로 재현되는 현장이 연출되는 것 같다), 이향
은 이를 칠흑과 같은 전체를 어지럽히는 '흰 빛'의 개입으로
표현하는 방식을 따른다. 숨죽여 있던 이면의 진실이 야성
의 기운을 이어받아 호흡을 시작하는 순간을 "검은 등불"로
이미지화할 때, 시인은 이 등불이 "뿜어올리는" "흰 그늘"
에 주목한다. 시인에겐 밤을 지탱하는 그늘을 휘두르고 있는
검은 장막도 더 막막해지기 위해서가 아니라 진실이 명멸하
는 잠재태로 대우하기 위해서 필요한 것이다. 때문에 시인은
두려움이 엄습해오는 순간마다 흰 빛으로 황홀히 감싸안으
려는 사려 깊음을 내비친다("당신에게서 가장 먼 곳부터 흰
붕대를 감아봅니다 다 말할 수 없어 오히려 감싸안는 저녁입
니다"—「저녁」부분, "흰 붕대는 다 풀리지 않는다"—「그
곳」부분, "검은 바다가 흰 거품을 물고 미친개처럼 돌아다
녔다 밤이면 방문 앞까지 끌려나온 바다"—「감포」부분). 시
인의 눈을 통해 두려움과 황홀함, '희다'와 '검다', 머무름과
헤맴은 하나가 된다.
　이향의 시가 독백적 어조에 갇혀 있는 듯하다가도 고립된
목소리 속에 모종의 소곤거림을 은폐하고 있는 것은 아닌가

하는 판단을 하게끔 하는 이유도 어쩌면 그와 연관될 것이다. 불일치한 색채와 행위, 모순된 감정을 삼킴으로써 이향의 시는 서정적 합일의 공간으로서의 밤을 살피지 않고, 단독자들이 서로를 응시할 수 있는 시공간으로서의 밤(때문에 이향에겐 어느 존재로부터 파생되어 그 존재로 다시 수렴되는 형태로서의 그늘보다 그러한 몸짓을 취하는 그늘의 운동, 또는 그늘 자체의 단독성이 신경쓰일 수밖에 없다), 생충동으로 자욱한 세계에서 약간 비켜나버린, 이미 한 뼘쯤 어긋나 있는 현실을 눈치챈 자들의 황망함이 서려 있는 시간대로서의 밤을 주목하기 때문이다. 그 밤, 어떤 이가 혼자서 있어보기 위해 고립을 자처하여 헤매기 시작할 때 그이 스스로 현실에선 통용되지 못할 말이라도 하게끔 만드는 것이 시라면, 시는 오히려 '그 밤', 그이의 발목에 달려들었을 생경한 세계를 끝끝내 그리도록 허락한다. "멀리 걸어나와 다시는/ 돌아가지 않을 것처럼/ 저 혼자 앉아 있는/ 밤"의 곳곳에서 터져나오는 모든 것들의 상태와 연대하는 나 홀로의 목소리. 이향 시의 어조는 가장 내밀한 독백 안에서 새어나오는 소문에 귀를 기울이고 있을 때 가능한 것이다. 그러니 이향의 시와 막 만나기 시작한 우리가 흡사 기시감처럼, 사람들 사이에서 아무렇지 않게 섞여 있다가 한밤중에 제 안의 모든 걸 토해내듯 거칠게 걸으며 해변 근방의 숲길에 당도하는 웬 여인을 떠올렸던 이유는 충분한 것이 된다.

참된 모순

　이 글의 처음부터 우리는 이향의 시적 주체를 칭하기 위해 '그녀'라는 대명사를 승인하고 있었다. 이는 시에서 자신의 처지를 술회하는 말들이 '그녀(들)'의 눈으로부터, 입술로부터, 그리고 몸짓으로부터 새어나온다는 의미다. 특정한 편견을 고착시킬 오해를 일으키고 싶진 않지만 우리는 이향의 시가 상당 부분 어느 범속한 삶에 매인 여인이 나이가 들어가는 순간순간에 빚지고 있음을 인정해야 할 것 같다. 독자는 모른 척하지 말아야 한다. 당신과 관계한 엄마가, 할머니가, 언니가, 누이가, 며느리가, 딸이, 벗이, 조카가, 아니 어쩌면 당신이, 한번쯤 마음에 담아 두었을 '헤맴'에 대해. 그러나 자신의 지평으로부터 완전히 비약할 수 없음을 깨닫고 차라리 남겨진 자리를 차지하기로 결심한 이들이 천착했던 '매달림'과("사랑한다고 사랑받고 싶다고 말을 못해 무슨 병에라도 옮아서는 곧 떨어져버릴 듯이 매달려 있고 싶다"―「사과」부분, "그는 뭔가 매달고 있었고 우리는 그것을 떨어뜨리지 않으려고 표 나지 않게 애를 썼다"―「한사람」부분, "다시는 돌아가지 않을 것처럼 장미는 난간에 매달려 있다"―「극장화장실」부분) 선취한 '기다림', 또는 '빠져나감'의 뒤안에 대해("빠져나와보면 너도 알겠지/ 그렇게 긴 시간도 아니었다는 걸"―「반지」부분, "언젠가 당신이 잠든 내 손을 슬며시 내려두고 방문을 빠져나갔을 때, 그때 알았더라면 보내지 말았어야 할 것들이 많다"—「새끼손가락」부분, "당신도 그렇게 왔다 가는 걸까 어느 순간 기척 없이 빠져나간 손바닥의 온기처럼"—「한순간」부분, "모임 뒤 마지막 남은 신발처럼"—「무슨 사연이기에」부분). 독자도 아시다시피 편리를 위해 이들의 말(言)을 향한 욕망은 현실로부터 철저히 차단되어야만 했다. 저간의 사정은 이랬을 것이다. 그이들이 바라는 바가 언어로 존재할 때, 그것을 꿈이라 치부해버리는 태도를 취하게 되면 그녀들의 현실을 인정하지 않고 그를 속박하려드는 것으로 비춰질 수 있으므로 그러하질 못했겠고, 반대로 그것을 현실로 인정해버리면 (당신이) 알고 있던 그녀(들)의 모습에 균열을 내야만 했을 것이므로 차라리 없는 취급을 하는 게 더 쉬울 수도 있었으리라 짐작된다. 하지만 세상에 존재하는 모든 것이 부정한다 해서 사라지는 것은 아니다. 이향의 시는 이러한 상황을 역으로 이용, 그녀(들)의 상황에 대한 묘사를 관념적인 형태가 아니라 구체적인 형태로써 구현한다. 때문에 이향의 어떤 시들은 '별 것 아닌 듯 보이는 사물들'의 용감한 고백처럼 보이기도 하는 것이다.

어미라는 것은 빨릴 대로 다 빨린 빈 젖이어서, 저녁의 한 모서리가 축 늘어져 있기 마련이다

—「식탁」부분

자꾸 빠져나가고 있다

자고 나면 머리맡에 수북한 머리카락, 윗목에 벗어놓은 옷가지, 서랍 속 묵은 일기장, 닳고 닳아 손때 묻은 한 시절

　흘러가고 있다

　오지 않을 것 같은 낯선 시간들이
　어느새 내 곁에 앉아
　늘 그랬다는 듯 어깨에 팔을 걸치고는
　붙잡을 수 없는 물살 속으로
　떠내려가고 있다
　　　　　　　　　　　　　　　　　　　—「의자」 부분

　제 볼일들 끝내면
　뒤도 돌아보지 않고 가버리는 그들,
　흔적이나 안고 있다보면
　침대도 뭐가 당기는지

　가지런히 정리된 당신을 흩트려놓고 싶어
　슬그머니
　책을 덮게 하더니

아무도 걸터앉지 않는 한낮
침대는
자꾸만 당신을 끌어들인다
　　　　　—「침대는 한 번도 누운 적이 없다」 부분

어딘가에 닿으려는 간절한 손짓

펄럭이다 돌아오는 사이

이미 내 목덜미를 감고 있다
　　　　　　　　　—「희다」 부분

　떠나가는 이의 뒷모습을 지켜본 경험이 있는 자만이 꺼
낼 수 있는 심경이 위의 시들에는 있다. 흥미로운 점은 시의
주요 소재로 등장한 식탁과 의자, 침대 그리고 빨래에 해당
하는 사물들은 무엇 하나 저 자신이 원해서 그 자리에 있다
는 인상을 주지 않는다는 것이다. 시적 주체들은 속수무책
인 시간에 책임을 넘긴다. 어느 날 문득, "빨릴 대로 다 빨
린" 채 축 늘어져 있는 저 자신의 모습을 알아차린 이가 자
신이 여전히 저녁 시간대에 동일한 자리에 있음에 관해 말
하기 시작한다. "오지 않을 것 같은 낯선 시간"에 올라서게
된 이가 가질 수 있는 헛헛함은 자신을 스쳐지나간 모든 관
계들의 행보를 "물살"처럼 빠르게 흘러가는 것으로 묘사하

게 되고, 그러다보면 "제 볼일들 끝내면/ 뒤도 돌아보지 않고 가버린 그들"의 흔적만을 끌어안고 사는 것이 이 막막한 삶을 견디는 한 가지 방법일 수도 있겠다는 생각에 이르게 된다. 때문에 "어딘가에 닿"고 싶어 "펄럭"이다가도 끝내 제자리로 돌아오는 게 남겨진 그녀(들)의 동선이라 할 수 있는 것이다.

위의 시들에서 시인의 마음은 오롯이 사물에 투영된다. 그러나 시인은 저 자신의 마음이 녹아드는 과정을 내비치기 위해 독자들의 시야에 사물과 시인 사이에 놓인 거리가 감지되도록 둔다. 요컨대 잠자코 있었던 사물의 말을 시적 주체가 받아 적고 있는 것만 같다는 인상을 남기는 것이다. 이는 사물을 완전히 장악한 후에 내통하려는 자에게선 발견할 수 없는 특색이다. 그보다 범속한 현실에 매인 사람들이라 할지라도 거기에 완전히 속박되어 굴종하며 살고 있는 것이 아님을, 절반쯤은 '여기'에 그리고 나머지 절반쯤은 '저기'에 둔 채 경계에서 긴장하며 살고 있음을 알리는 것이기도 하다("언뜻 보면 한 몸 같아도/ 죽음을 걷어내면 삶까지 딸려나올 것 같아/ 멀찍이 보고만 선 겨울 배추밭"—「경계」 부분, "주머니에 돌을 넣고 물속으로 들어간 버지니아 울프를 생각했다/ 다시는 떠오르지 않길 바랐지만 더이상 가라앉지도 않았다"—「두통」 부분). 무연하게 대응하고 있는 줄 알았던 그녀(들)의 삶이란 모순적인 형상을 끌어안고 버텨야만 가능한 것이었다.

누가 부추기기라도 하듯
무슨 일이든 저지르고 싶어 안달난 꽃은
사이비 종교에 빠진 사람의 눈동자처럼
그저 피는 일에나 열중하고 있다

흰 그늘에 목이라도 매달 것 같은데
태풍의 눈처럼 몰아가는

환한 저
적막
　　　　　　　　　　—「목련」 부분(밑줄은 인용자)

희미한 자국이
조금 슬픈 듯 자유로워 보였다 처음,

반지를 끼던 날이 생각났다
　　　　　　　　　　—「반지」 부분(밑줄은 인용자)

날마다 넘쳐나는 적요와
어둑한 그늘이 꽃을 키우는지
허물어지는 만큼 피는 봄
　　　　　　　　　　—「노파」 부분(밑줄은 인용자)

"무슨 일이든 저지르고 싶어 안달난 꽃"이 할 수 있는 일은 그림자만이라도 온 골목을 헤매도록 두는 것이었을 테다. 꽃잎이 지는 계절이 오지 않는 이상, 목련이 할 수 있는 가장 최선의 폭발은 제자리에서 꽃을 만개하는 일. 환희와 절망을 동시에 감당해야 하는 목련의 "환한 저/ 적막"과 같은 상태는 그래서 타당하다. 어둠을 감싸안은 흰 빛이 이향의 시에서는 모순이 아니라 실존이었음을 언급한 이 글의 앞부분을 상기해본다면, 여인이 평생 끼고 있던 반지를 빼버린 이후에 밀려오는 "슬프"고도 "자유로운" 감정의 정체와 무언가가 허물어질수록 또다른 무언가가 피어날 수 있다는 "봄"의 진실(과 같은 삶의 진실)이 패러독스로만 읽히진 않을 것이다.

더군다나 이러한 정황이 직유로 전달될 때, 독자는 더욱 자연스럽게 그를 받아들일 수 있다. 가령 "심이란 독약 든 사발 같기도 하고 흰 눈 소복한 은그릇 같기도 한데"(「목단」)와 같은 구절. 철학자 도널드 데이비드슨은 직유와 은유의 의미론적 차이는 "단지 그것의 진리치에 있다"고 말하면서 "모든 직유는 참이고, 대부분의 은유는 거짓"*이라고 했다. '심이란 독약 든 사발 같다'라는 문장에서 직유가 되기 위한 '-같다'라는 종결어미를 지우고 그저 은유로 '심은

---

* 김애령, 『은유의 도서관』(그린비, 2013), 100쪽.

독약 든 사발이다'라고 말하게 되면 우리는 그 문장을 거짓
으로 바꾼 것과 다름아니게 된다. "심"은 "독약 든 사발"과
같지만 그것이 곧 "독약 든 사발"은 아니다. 그렇다면 시인
은 "심"이 곧 "독약 든 사발"이 아님을 알기 때문에 "심"을
일컬어 독약 든 사발 '같다'고 말한 것이다. 때로는 독약 든
사발처럼 극악하기도 하고, 때로는 눈에 둘러싸여야만 저
자신을 추스르는 심약한 열정처럼 여겨지기도 하는 '심'의
모순적 정황은 직유를 관통해야만 '참'의 진리치를 획득할
수 있다. 이향의 시에서 직유가 빈번하게 등장하는 이유도
아마 여기에 있을 것이다. 입을 "꾹 다물어버리고 싶을 때도
있지만" 저 자신의 우물거림을 걸러낼 수가 없어(「독백」)
더욱 솔직하게 말하기 위해, 하여 생의 밑바닥에 켜켜이 감
춰두었던 진실들이 수런거릴 수 있도록 추동하기 위해, 남
들은 보지 않으려 할지언정 어떤 이의 순간이 단 한순간만
이라도 "넘쳐나는 적요"로 기록될 수 있도록 하기 위해.

그늘의 바림

그녀가 포착한 그늘은 시꺼먼 색으로만 채워진 것이 아니
다. 멀리서 보면 검정색이 단출하게 자리했으리라고 여겨질
지라도, 가까이 다가가면 그 색의 바림(gradation) 효과로
인해 붉은색이기도 했다가 회색을 띠기도 하고, 종국에는

흰 빛에 이른다는 것을 알게 해주는 시와 만났기에 할 수 있
는 얘기다. 또, 독자가 포착할 수 있었던 그녀(들)의 말은 처
음부터 고립을 자처한 것이 아니라고도 해야 한다. 문제는
듣는 자들의 태도로부터 기인하는 것이기 때문이다. 우리의
자세를 바로잡아, 그녀(들)의 말을 마저 읽는다.

　잿빛 나무에서 실뱀 같은 햇살이 엉켜나온다 저 매끄러
움, 나무는 겨우내 뱀을 넣고 있었다 구충제를 먹은 다음
날 변을 확인하던 그때 온몸이 스멀거렸지 가지는 너에게
서 빠져나와 제 꼬리에 꽃을 매달려고 안간힘 썼지 막판
까지 와서야 꽃이 피는 것일까 그렇다고 다 피는 것도 아
니어서 제 입으로 제 항문에 닿으려는 짐승처럼, 제 창자
에서 나온 것을 들여다보는 너처럼, 뿌리에서 더 멀리 몸
감아올리는 나무가 있다
　　　　　　　　　　　　—「시」 전문(밑줄은 인용자)

　죽은 물고기 눈을 보고 아버지라 부르기가 무서웠던 시
절, 어린 내가 머물던 자리, 검은 바다가 흰 거품을 물고
미친개처럼 돌아다녔다 밤이면 방문 앞까지 끌려나온 바
다 "내 눈을 감겨다오, 네 눈을 빼다오" 귀를 막고 소리쳤
지만 바다는 아버지를 끌고 밤새 돌아다녔다 새벽이면 시
퍼렇게 눈등이 부은 바다여, 내 유년에게 빚진 바다여, 너
는 아직도 생리 전에 부풀어오르는 젖가슴처럼 붉은 아가

<u>미</u>를 드러내고 있다

—「감포」 전문(밑줄은 인용자)

배치한 시 중에서 앞서 나온 시는 시인의 시론 격에 해당
하는 작품이고, 그 다음에 나온 시는 그간 시인의 몸에 가려
져 잘 보이지 않았을 법한, 시인의 역사가 기록된 작품이다.

구충제를 먹으면서까지 살해하고픈 간교한 기운이 저 자
신의 몸에 있을지라도 시인은 그 모두를 품은 채 "꽃을 매
달려"는 "안간힘"을 낳겠다고 한다. 제 안의 타자성을 인정
해야만 시작할 수 있는 일이 시를 쓰는 일이다. '나'라는 주
어로 시작하는 독백적 발화의 외피를 둘러싸고 시적 주체
가 출현한다 하더라도, 시에서는 무수한 존재들이 무구히
함께 있는 현장을 창출할 수 있다(때문에 「시」에서 줄곧 호
출되는 것은 '나'가 아니라 "너"다). "잿빛 나무"에 엉켜 있
는 "햇살"을 감지하는 시인의 언어로 말미암아 우리는 여러
겹으로 존재론적 층위를 형성하는 숱한 사람들과 사물들에
대해서 떠올리게 된다.

뿐인가. 「감포」에서는 「시」가 전하는 메시지를 더욱 다채
로운 색으로 이미지화한다. 시적 주체가 거쳐온 시절에는
언제나 "검은" "흰" "시퍼렇게" "붉은"과 같은 표현들이 더
불어 있다. 이성을 잠재우는 야성의 눈은 "검은 바다가 흰
거품을 물고 미친개처럼 돌아다"니는 시간대에 뜨이고, 시
적 주체는 삶의 안전한 궤도에서 이탈한 그 시간대가 전하

는 '두려운 황홀함'이 생의 기저를 형성하고 있음을 이미 알
고 있다. 달리 말해 시인에게 '검은' 색과 '흰' 색은 공존하
는 것이다. 이성을 다시 깨우기 시작하는 새벽은 '푸른' 빛
으로 시인을 감싸고, 이 모든 시간을 경유한 시인에게 남겨
진 "생리 전에 부풀어오는 젖가슴처럼 붉은" 색은 생의 중
추를 장식하는 힘이기도 하거니와 저녁노을의 색과 같이 점
차 소진되어갈 빛의 일부이기도 하다.

이향의 시와 만난 이후 우리는, 그간 '그녀'의 몸이 가리
고 있어 잘 보이지 않았던 그늘에 가까이 다가서면 바림을
발견할 수 있음을 알게 된다. 단독자로 있어 보려는 자의 용
기와(이는 독립된 시야를 확보하는 주체의 자리매김에 대
한 얘기다) 다른 누군가와 기꺼이 함께 있기로 한 자의 의
지가(이는 하찮게 여겨지던 존재들을 활성화시키려는 시의
역능에 관한 얘기다) 포개져 그녀(들)의 삶이 '여기'에서 드
러날 수 있게 되었다.

그러니 텅 비어가는 몸을 가누질 못해 삶이 마냥 서운한
여인아, "저 너머에 무슨 일이 있었는지 물결이 타오르는가
싶다가는 다시 주저앉곤 했"던(「일출」) 여인, 당신아. 당신
몸을 흔들면 출렁일 저 그늘의 바림을 어쩌려고 내내 눈을
감고만 있는가. 몸을 기울이면 콸콸 쏟아질 저 그늘의 마음
에 우리는 무어라 이름 붙일 것인가.

이향 1964년 경북 감포에서 태어났다. 계명대학교 대학원 문예창작학과를 졸업했으며, 2002년 매일신문 신춘문예로 등단했다.

문학동네시인선 047
희다
ⓒ 이향 2013

1판 1쇄 2013년 11월 8일
1판 5쇄 2022년 11월 21일

지은이 | 이향
책임편집 | 김형균
편집 | 김민정 김필균 강윤정 유성원
디자인 | 수류산방(樹流山房)
본문 디자인 | 유현아
마케팅 | 정민호 이숙재 박치우 한민아 이민경 안남영 왕지경 김수현 정경주
브랜딩 | 함유지 함근아 김희숙 고보미 박민재 박진희 정승민
제작 | 강신은 김동욱 임현식
제작처 | 영신사

펴낸곳 | (주)문학동네
펴낸이 | 김소영
출판등록 | 1993년 10월 22일 제2003-000045호
주소 | 10881 경기도 파주시 회동길 210
전자우편 | editor@munhak.com
대표전화 | 031) 955-8888 팩스 | 031) 955-8855
문의전화 | 031) 955-3578(마케팅), 031) 955-2678(편집)
문학동네카페 | http://cafe.naver.com/mhdn
인스타그램 | @munhakdongne 트위터 | @munhakdongne
북클럽문학동네 | http://bookclubmunhak.com

ISBN 978-89-546-2287-5 03810

www.munhak.com
문학동네